KB156900

우리의 발자국이 가지런하지는 않아도

양민숙 시집

우리의 발자국이 가지런하지는 않아도

시인의
말

이미 사라진 것들

지금 사라지고 있는 것들

낮고 아프고 위태로운 것들

그러나 따뜻한 기억으로 남은 것들

더 늦기 전에

나지막하게 불러봅니다.

누구도 아프지 않기를 기도합니다.

2023년 가을

우리의 발자국이 가지런하지는 않아도

차례

1부

금방 사라질 단어 같아서

2부

피어나는 순간은 언제나 붉고

3부

쓰다 보면 번지고 번지다 보면 물드는 것

4부

그믓은 그믓을 만들며 퍼졌고

5부

신기루 같은 노랑 신호가 떠오르면

1부

금방 사라질 단어 같아서

빛에 대한 짧은 기억 1

월정사 거리에 연등이 달렸다
유목의 기억이 불을 밝힌다

막걸리 심부름은 언제나 해가 떨어진 이후였다
구멍가게 삼촌의 후한 인심으로
막걸리는 양은주전자 뚜껑 위까지 출렁이며
발 옆으로 구불구불 물선을 그었다
별빛이 더디게 자리를 잡을 때는
따뜻한 색색의 연등을 상상해야만 했다
분명 연등은 별빛보다 먼저 빛을 냈다
별빛과 연등의 교차점에서
막걸리가 그린 그림 한 조각을 뜯어
백열등 전등이 있는 집을 만들었다
멀리서 도깨비불이 춤을 추었다
분명 도깨비불이었다
다섯 살 딸의 늦은 심부름에

손전등 잡은 팔을 허우적거리며

아빠가 너무도 늦게, 너무도 빠른 속도로 다가왔다

밤을 들킨 서러움이 적막을 가르며 퍼졌다

분명 울음은 아니었다

막걸리 심부름의 끝은 언제나 아빠의 등이었다

뒤늦게 반짝이던 별이 빛선을 그으며 떨어졌다

연등은 유목의 기억들이 모여 한층 더 밝아졌다

아빠의 빛을 향해 걸어가고 있다

애기동백

말라붙은 단어가 바스락거린다

가슴팍에 달라붙은 소리

점점 더 빨라지는가

얼굴이 붉어 온다

비로소

당신이 오셨네요

그러나 금방 사라질 단어 같아서

그 이름만 뼈에 묻을 것 같아서

한 잎 한 잎 날려 보내는

휘발시키는 나의 봄,

날

테왁

- 엄마의 부적

“올해 몇 나수광?”

“바당물 들이킨 만큼 먹엇주”

누군가의 질문에

퉁명한 대답이 뒤뚱거리는 날은

관절통으로 물질을 포기한 날이다

성님 아우가 바당밭을 물질하는 사이

마른밭만 헤엄치는 날이 길어가고

몸 관리 못 한 죄인이 되어

바다 앞에 자꾸만 고개를 숙이던

늙은 해녀

만류하는 아들을 밀치고

수액 맞듯 바닷물 들이키던 날

하필 동네 성님이 물숨을 놓으셨단 소식이

길게 길게 숨비소리 열을 지어

바다를 헤엄쳐 다녔다

바다 앞에서 큰 울음 울다 지친 늙은 해녀가

할 수 있는 것은 테왁을 외면하는 일

평생 붙어 있었던 엄마의 부적이

스

르

르

떨어져 나갔다

가우도

하늘과 바다 사이
너에게로 가는 길 있어
쏟아낸 언어들이 출렁대며 달려가는 곳

흐르던 물살이
바위를 만나 잠시 소용돌이치면
일렁이는 파도에 흠칫하거나
흔들리는 다리에 멈춰서거나
나 역시 잠시 주춤거리는 시간
촘촘한 햇살이 머리 위로 쏟아졌다

걸어가는 발자국이
가지런하지는 않아도
우리는 도란도란 말 걸며
하루를 나란히 걸었다

가장 작은 돌이

그보다 작은 돌 위에 얹어질 때

느슨해진 햇살도 가라앉고

내 손 위로 살며시 네 손이 포개졌다

비로소

네가 다가왔다

침묵의 시

농도가 같은 한잔의 커피를 마시는

기침 소리가 나서야 고요함을 실감하는

말을 뺀 나머지 대화가 더 풍성해지는

상상은 넓어지고 자유는 차단하는

낮이 사라지고 밤이 가까워지는

거스르는 것들이 빠진 자리에

언어의 한계를 뛰어넘는 절정

속삭임, 서로에게 귀 기울이는

61병동

6층 창문을 통해 보이는 나지막한 산
동쪽인지 서쪽인지 방향은 모르지만
엄마에게 오름은 단 하나
“저 산 바로 옆이가 우리 ᄄᆞᆯ 일ᄒᆞ는 딘디”
간호사도 간병인도 환자들도
산 이름을 정정해 주지 않는 이상한 병실

가끔 멀리 관탈섬이 보일 때면
이야기가 더욱 풍성해져
모두 창가로 모여든다는데
매일 매일 창밖의 이야기가
그리움을 엮은 연극처럼 공연처럼 펼쳐지곤 했다

엄마의 딸은 언제나 이야기 속 주인공
아무도 정정하지 않는 산 이름처럼
아무도 주인공을 바꾸지 않는 이야기

말하지 않아도 안다는 눈빛을 나누며

힘겹게 어깨를 기대어 창밖을 내다보고 있다

파도의 시간

간신히 걸터앉았던 월요일 오전의 시간에서
비린내가 나요
한림항 어상자 안에서 파닥거리던 고등어는
아래층 식당에서
숭숭 뜯은 얼갈이 넣고
고등어국이 되었네요
이제 끝이라는
그에게 보내려던 문자 보류하고
계단을 내려가요
질그릇 안에서 향 피우는 고등어국
너는 어느 바다의 지문을 가졌니?
비늘도 없이 사랑의 파도를 타고
이별의 시간으로 돌아왔니?
파도 소리가 들려요
허공에 부딪혀서 자꾸만 되돌이표 울리는
오후로 밀려 나간 시간에

저장했던 문자 지우고

사.랑.해 라고 보내요

파도가 덮쳐오는 밤의 시간,

심해에 물들어가요

이호해수욕장

저물녘 이호해수욕장
열 지어 걷는 나의 도플갱어들

보폭을 넓히면 천백 보
보폭을 좁히면 천이백 보
왼쪽 끝에서 오른쪽 끝까지
누군가는 발걸음 수를 세거나
누군가는 시간을 재거나
하루만큼의 죽음을 애도한다

오늘의 죽음은 내일 앞에서
안도감이 되고
건강을 염원하는 자기만의 구역
꾹꾹 눌러 표시하며
하루만큼의 삶을 기원한다

사라지는 오늘의 발자국

다시 생성되는 오늘의 발자국

그 안에 있는 나는

오늘을 살아가는가

오늘을 죽어가는가

나란하지는 않아도

열 지어 걷는 행렬 속에

나를 앞서가는 내가 있다

마지막 시집

- 오승철 시인을 보내며

이른 아침의 부고라서 종일 시인이 따라 다녔다

언젠가 읊조렸던 시구절도 입술에 달라붙어 떨어지지 않았다

누군가는 뼈가 오르고 살이 오르고 피가 오르고 숨이 트이는 꽃을 찾아 떠났다

울음을 기다렸고 '둥실둥실 잘 가라'* 인사도 잊지 않았다

"시어가 여기저기 둥둥 떠다녀"*

흩어진 시인의 시어들을 모조리 끌어다 모으면

꽃의 행방을 알 수 있을까.

질문을 했지만 대답은 돌아오지 않았다

시인의 웃음과 울음이 가득한 하늘에

별처럼 빛나는 마지막 시집을

영정에 두고 경례를 했을 뿐이다

'퇴장한다'

돌고 돌아 시인의 대답이 겨우 당도했다

*등실등실 잘 가라: 오승철 시인의 시 '다 떠난 바다에 경례' 한 구절.

*시어가 여기저기 등둥 떠다녀: 오승철 시인이 평소 지인들에게 하던 말.

빛에 대한 짧은 기억 3

- 서귀포 야행, 새섬

신의 구역이 있다면 이곳이겠다

서귀포 앞바다 집어등 켜지면
봉인되었던 서사 하나씩 풀리고
마침내 돌아온 신들의 시간

안개 내리는 시간 위에 좌정해
깜빡이거나 쏘아 올리거나
밤을 다스리는 빛의 향연
시차는 점점 더 벌어지고

홀리듯 누구나 이끌리어 찾아가는
섬, 그러나 맨몸이 되어서야 들어갈 수 있는
섬, 한 계절이 지났겠다
바다를 열어 아침을 꺼내고
입김을 넣어 숨을 불어넣으면

오늘은 찾아올까

졸린 바다가 잠시 눈 감을 때

섬은 높이 더 높이 올라간다

경보음, 빛은

신의 소리로 돌아온다

뉘앙스

'추앙하다' 열풍이 일었다
드라마 때문이었다고 한다
유료 몰아보기를 하였다

하나의 단어가
다른 느낌이 든다는 것은
사람이 달라서일까
분위기가 달라서일까

만일 네가 사용한다면 분명,
색깔이 달라지고
감정도 달라지고
음조도 달라지겠지
나는 하늘의 별이라도 따 줄 게다

지금까지 사용했던

'추앙하다'를 사전 속에 파묻고

새롭게 정리했다

'나를 추앙해'

2부

피어나는 순간은 언제나 붉고

빛에 대한 짧은 기억 2

가로등 하나 의지한 늦은 밤 공터
유영하는 그림자 트럭 적재함에 머문다
옆집 강씨와 강씨 그림자
등 기대고 앉아 캔맥주와 컵라면으로 서로를 위로하는 시간
빛이 빛을 부른다
강씨 주변으로 몰려드는 밤벌레들 날개를 반짝인다
트럭 바퀴만큼의 높이 낯설고도 생경한 무대
단 한 사람의 관객을 위한 푸념 섞인 연극
머물다가 다시 태어나다가 무한히 뻗어 나가는 빛
빛이 점점 더 넓게 퍼진다

고단한 하루를 마감하는 강씨의 만찬은
가로등 아래 세워둔 트럭 적재함에서 시작되었다
처음 제 명의로 구입한 트럭은
딸에게 월세 단칸방을 내준 후

일터가 되었다가 방이 되었다가 식탁이 되었다
소리가 되었다가 기억이 되었다가 기운이 되었다
강씨의 레퍼토리는 매번 달랐다
후루룩 들이켜는 강씨의 고단함을 들어주고 나니
내 무게는 어느새 빛에 휘발되었다

빛은 밤벌레의 움직임처럼 고정되지 않았다
나에게로 온다

능소화 피는 집

며칠 그 집 마당이 요란하더니
담장 밖으로 내려온 꽃 매듭 밧줄
마디마다 내력 쌓인 옹이가
울컥울컥 붉게 피어난다

유월 장마가 시작되면
유리창에 코를 박고
능소화 숫자를 헤아리던 열일곱 살 소년
결핍, 결핍을 중얼거리던 입술은 유난히 붉었고
희고 가느다란 손가락은
능소화와 능소화 사이를 부지런히 옮겨 다녔다
소년의 중얼거림과 움직임은 그림책 주인공처럼
범접할 수 없는 우아함으로 피어나
내 볼도 덩달아 발그스레 피어났다
피어나는 순간은 늘 붉었고 돌아서는 순간은 늘 하얬다

능소화를 부르는 손가락 언어가 더 가늘어지고 짧아졌다

소년의 중얼거림과 움직임이 멈추고
까치발 들고 담장 안을 훔쳐보던
어린 소녀의 이야기가 더이상 이어지지 않았지만
능소화 필 때마다 누군가는 손가락을 들어
꽃송이를 헤아렸고 입술을 움직였다
열일곱, 열일곱, 능소화는 해마다 열일곱 송이만 피었다
기억은 시간을 당기고 다시 돌아서는 순간은 늘 서늘했다
전염병처럼 돌고 돌던 소문이 어느 시점에 사라졌다
장마에 딸려오던 축축한 냄새 때문이라고 생각했다

소년의 안부가 당도했는지, 그 집 마당이 다시 요란해진다
일 년에 한 번 능소화 소식에 깨어나 움직이는 집

피어나는 순간은 늘 붉다

아침

빈손으로 맞이해야 하는 것들이 있다

경계를 확장하는 붉은 태반이 더 붉은 생명을 밀어 올리는 의식
유연한 뼈마디가 푸르게 일렁이며 채반에서 도르르 썸을 타는 소리
지난밤 더위와 싸우느라 함께 늘어진 늙은 모기의 핏방울
어느 활화산에서 치열하게 끓었을 활자가 밤새 늘어난 모니터

오늘이
묵직하게 오고 있다

자귀나무 꽃

해변 마을에 사셨던
청각장애인 동이할아버지,
관광객들의 불꽃놀이에
정신 줄 반쯤은 놓으셨다는 이야기가
여름 내내 마을을 떠다녔어요

집이
마을이
온 산이
활활 타올랐던
봄날의 불꽃을
시간이 지나도 잊지 못해
사람들의 비명인지
사람들의 환호성인지
들을 수 없는
여름밤의 시간마다

해변을 그렇게 뛰어 다녔어요

여름이면
자귀나무 꽃이 만발했던
동이할아버지 무덤가
땅속에서도 붉은 불꽃을 보게 될까 봐
싹둑 잘라 밑동만 남겨 놓은 자리

서로에게 귓바퀴 열어
내일을 듣고 있어요

동백꽃 기다리는 시간

오늘이기에 아직은 이르다
네가 걸어간 발자국 위를
한 발 한 발 맞추는 일은
체온의 기억을 복원하는 일,

온기 없는 가슴 한 칸을 내어주는 일이
이리 오랜 시간을 필요로 하는지도 모른 채
햇살은 동백나무 잎사귀 사이를 뚫고
비수가 되어

이미 지나쳐버린 말들이 위로를 건네고
저만큼 멀리 가버린 문장들이
뒷걸음치는 곳,

오동도
마음은 벌써 붉어간다

천등

아직 더하고 싶은 것이 남아 있을까?

빨간 등 하나에

깊고도 무거운 나를 더한다

영원의 시간은 어디쯤일지,

오르고 오르다 보면

앉았던 자리에서 일어나

손 흔들 수 있을까

혹여 예상하지 못한 기적소리에

방향을 잃게 되면

저 멀리,

어느 산 어느 나무 위에

잠시 쉬어갈 수는 있을까

이것은

더하는 것이 아닌 덜어내는 일

스펀*의 하늘에 너와 내가 떠 있는 일
우리의 시간을 바라보는 일

비워낸 오늘만큼
내일을 이어가는 일

*대만 신베이시 핑시구에 있는 마을로, 천등 날리는 마을로 유명하다.

목련

죽음까지도 생이라던 할머니가
한 겹 한 겹 수의를 바느질하셨다
비단 보따리 안에
바래지 않은 모습으로
고이고이 포개진 수의가
스르르 풀어진 날,
할머니는 고운 수의로 갈아입으셨다

활활 타오른 봄을 보냈다

가을 목련

하얀 목련 떨어진 자리
남근처럼 솟아오른 열매
한여름 녹음이 그리운지
붉게 타고 있다

광고를 읽다가

'선착순 증정'이란 문자를
'선착순 풍경'으로 잘못 읽고
풍경도 선착순이 있을까, 생각했다
이제는 풍경까지 순서를 정하는 시대
주변을 둘러보는데

머리 희끗한 할아버지 한 분이
노모 손을 잡고
조심히 아주 천천히
걸어가고 계셨다
저녁노을 번지는 시간
부서져 내릴 것처럼 위태롭지만
웃음꽃 만발한 어머니와 아들

선착순 풍경,
수지맞은 날이었다

족두리꽃

책상 한 귀퉁이 자리하던 시집을 펼치니
마른 꽃대 끼어둔 책장 사이
평대리 족두리꽃 피었다

땅 한 평 없어 가난하다던가
걸음 닿는 곳, 씨앗 뿌리고
거리마다 족두리꽃 피었으니
평대리 모든 길이 복기 씨의 꽃밭이다

한껏 치장한 족두리
내려 줄 사람은 나타나지 않고
마르고 말라서 가슴 타들어 가면
달밤에 행인 지나는 기척에도
후두둑 후두둑 씨앗을 털어낸다

하얀 시간은 흘러가는가

씨앗을 받는 일은

달밤이어야 하는 것

너의 가슴에 문을 두드리는 것

대답 없는 걸음을 보내주는 것

시집 안에서는 사랑 이루어질까

붉게 더 붉게 피는 꽃

애창곡

노래연습장을 갈 때마다
진달래*만 피우지 말고
골고루 꽃 피우라고
김 시인이 당부했다

사랑은 봄에만 하냐고
나머지 계절에는
외로워서 어떻게 할 거냐고

듣고 보니 맞는 말 같아
다른 노래로 갈아탔는데
찔레꽃*이 피었다

내 생애 그리움은

봄에만 오려는가

* 진달래: 박길라의 노래 「나무와 새」.

* 찔레꽃: 백난아의 노래 「찔레꽃」.

3부

쓰다 보면 번지고 번지다 보면 물드는 것

누구나 시인

인공지능이 시도 쓴다기에 시 한 편 요청해 보았어요
행갈이까지 한 깔끔한 시 한 편이 바로 도착하네요
몇 달을 품었다 쓴 졸작 시가 스르르 힘이 빠져요
미완성의 시들을 다 지워요
모니터 화면이 하양으로 더 하양으로 번져요

인공지능이 쓰지 못하는 시 한 편 다시 요청해 보았어요
시 쓰는 일은 즐거운 일이나 인공지능이 쓰기에 적합하지 않다네요
시는 역시 시인이 써야 제맛이라나요
인공지능이 기분까지 맞춰주네요
지웠던 시들을 다시 돌려놓아요

언제 어디서나 뚝딱 시 한 편 만들어진다네요
누구나 시인이라지요

무엇이든 쏟아져 나오는 저 입에는 얼마나 많은 언어가 들어 있을까요
쓰고 번지고 물들지 않아요
이미 완성된 문장만 존재할 뿐이죠

쓰다 보면 번지고 번지다 보면 물드는 것이 시 쓰는 일이라 했어요
쓰다 멈춘 시들도 번지다 멈춘 시들도 물들다 멈춘 시들도
내 안에서는 아우성인데 좀처럼 밖으로 나오지 않아요
기억되는 시인도 잊힌 시인도 쉽지는 않아요
시인들끼리 불러주는 호칭, '양 시인'이 자꾸만 발목을 잡아요

시는 미완성의 언어들이 서로 위로하는 거라고 말을 걸어 봐요
거르는 힘겨루기를 한 바탕 치르고 나서야 화면을 닫아요
모니터 화면이 검정으로 더 검정으로 번져요
미완성의 시만 갇혀 있을 뿐이죠
안심이에요

완성된 시는 이미 누구나 가지고 있어요

일간지 읽는 봄날

꽃의 이름을 부른다
수선화 매화 목련 명자

누군가는 봄꽃이라 부르지만
그 안에서도 피는 순서가 있어
적당히 피고
다음 꽃에게 양보하는
짧은 봄날

내려와서야 비로소
열매를 맺을 수 있는 걸
꽃들도 저리 아는데
적당히 머물지 못해

내려오는 것을 잊은 사람들
일간지 오르내리며
뿌옇게 황사를 몰고 다니는가

재채기만 나오는 봄날

낭독회장에서

낭독회장 구석진 자리
한 독자가 시를 읽는다
건조하던 목소리
울컥, 습기가 담겼다

그 사람의 어머니를 읽는다
투병 생활이 길어 일터에서도
감시카메라로 살폈다는 이야기가
낭독회 공기를 채웠다

언제부터 어머니는
감시의 대상이 되었나
화면 속 어머니를
우리는 얼마나 불러 보았나
불러 본 횟수보다
자연스럽거나 상식적인

그리고 명료한 이유로
불러 보지 못한 시간이
흐르고 흘러 정적을 부른다

낭독은 정적을 포함하는가
모두의 어머니가
시 속에서 살아나고 있다

24시 편의점 아침 일곱 시 삼십 분

월요일
일자리 찾아 나섰던 중년의 남성 두 명
작업복 차림으로 소주잔을 기울이고 있어요
공친 날의 시작은 알코올의 위로가 필요해요
주거니 받거니 대화가 뜨지 않도록
한숨의 겅그레가 깔려요

화요일
일행을 기다리던 중년 여성
불붙인 담배를 손에 쥔 채
다른 손으로는 종이컵에 담긴 커피를 마셔요
가방을 뒤져 꺼낸 약을 커피로 넘기고는
요란스럽게 울리는 전화를 차단해요

수요일

밤새 일을 마치고 집으로 돌아가던 A아파트 경비원

깊은 잠을 위한 막걸리를 들이켜요

이때 필요한 안주는 맛김 한 봉지

김을 반으로 접고 다시 접어

하루만큼의 염도를 조절해요

목요일

컵라면에 뜨거운 물을 붓고 익기를 기다리는 청년

컵라면에 올려 두었던 광고전단지를 펼쳐 구직란을 살펴요

잠시 눈이 반짝이지만 이내 고개를 숙여요

컵라면을 휘휘 저으면

뜨거웠던 아침이 조금씩 식어가요

금요일

밤새 야근하고 주인과 교대하기 직전 아르바이트생

물을 뿌려 유리창을 닦아요

아침 햇살 받은 유리창이 반짝거려요

밤새 쌓아놓은 맥주캔과 담배 재떨이를 치워요

어제가 쓰레기통에서 구겨져요

토요일

잠옷 차림의 무표정한 소녀

헤어롤에 돌돌 말린 앞 머리카락을 습관적으로 넘겨요

생리통이 심해져 잔뜩 찡그린 얼굴로

진통제와 색깔 실핀을 골라요

주르르 쏟아지는 동전에 공손함이 들어 있어요

일요일

아침 커피를 사요

월요일의 중년 남성 둘은 여전히 소주잔을 기울이고 있어요

화요일의 중년 여성이 다 마신 종이컵에 담뱃재를 털어요

수요일의 경비원이 소금기 묻은 손으로 의자를 쓸고는 자리를 내어줘요

목요일의 청년이 날짜가 지난 신문을 뒤적거려요

금요일의 아르바이트생이 쨍한 햇살에 손가리개를 하고 물을 뿌려요

토요일의 소녀가 다시 총총 사라져요

아침 일곱 시 삼십 분

이 마을 사람들의 하루는 여기서부터 시작돼요

서로가 누군지 몰라도 일상의 조각을 공유해요

무관심의 자유를 깨뜨리려는

낯선 시선을 경계해요

이름 없는 오늘에 안도해요

다시

아침 커피를 사요

홍시

홍시를 사다 드릴 때마다
나이 든 사람이나 먹지
단감이나 사 오라던 엄마

병실에서 창밖을 보다가
선선해지니 가을인가 보다
요즘 홍시가 나올 텐데,
혼잣말처럼 하신다

나이가 드는 것은
단단함이 사라지는 것
고깟 홍시가
사람을 울린다

마을병원 아침 여덟 시

마을병원 앞, 할머니들 줄이 길다
점점 더 가라앉는 어깨에는
시간의 흔적과 기다림의 무게가 적재돼 있어
이 정도 기다림은 대수롭지 않다는 듯
밤새 안녕을 부지런히 나른다

몇 번의 계절을 견뎌냈을까
친절한 의사의 안부와 주사 한 대가
하루를 시작하는 의식
하루만큼의 평안을 위해
새벽 버스를 타고
다시 병원행 행렬에 탑승한다

서로의 그림자로 그늘 만들어

젊은 햇살에 맞서는 시간

"죽고 싶어도 죽지 못헨 살암주"

기다림의 떼창이 하루를 연다

한낮의 초과

공항 편의점, 한도 초과 카드 메시지
들었던 물건을 내려놓는다
이천 원으로 무너져 내리는 시간
돌아서는 뒤통수가 내내 쓰라리다

하루를 살아가는 데
몇 번이나 한도 초과 메시지를 받을까
뜨겁고 차가운 경계를 들락거리는 갱년기
이탈하거나 삐그덕거리는 관절
경고음은 이미 한계를 넘어 이명으로 찾아오고
두통약 용량이 늘어가는 오늘

한낮의 초과
돌아서는 뒤통수가 얼마나 뜨거울까

썬팅하다

- 빛의 독백

당신은 사생활 보호가 필요하다고 했어요

왜 사생활 보호가 필요하냐고 물었죠

세상의 소음에서 잠시 쉬고 싶다고요

고작 소음이냐고 다시 질문을 해요

고요가 필요하다고 소리를 지르죠

이미 우리 세계는 너무도 고요해

언제나 문이 닫혀 있었죠

쓸모없음이라고 말해요

쓸모없음, 마침내 무너져내리죠

나의 태생은 투과하는 것이에요

당신을 투과하고 싶어 안달이 났죠

차단은 더 많은 궁금증을 만들어요

자세히 보기 위해 실눈을 뜨면

난치의 시간이 깊어가죠

그래요

아프지만 참을 수 있어요

나를 반사하고 당신은 반짝여요

고요하고 고요해서 적막한 시간

그 시간 안에 어둠을 깔아드릴게요

내가 소멸한다면

당신의 세계는 비로소 살아나겠죠

부디 행복하세요

빈센트를 읽다

황금 해바라기가 필요했다

뒤로 엎어져도 코가 깨진다는 시간 이후

나의 카드가 말을 걸었다

지도를 펼쳐놓고 아를을 읽었다

아를의 시간에서 황금색만 오려냈다

밤하늘은 별들로 가득 차 있었고

꿈은 밤하늘처럼 무한하고 밝았다

영혼을 갈아서 별을 그렸지만

나의 하늘은 침울하기만 하였다

아직은 해바라기가 부족했다

해바라기는 황금색 해만 쳐다보았다

그곳이 아니야 뒤를 바라봐줘

빛남은 무한대의 빛남으로

어둠은 무한대의 어둠으로

섞이고 싶었지만

나의 카드는 고집불통이었다

해바라기는 원하는 것을 가져다 주었다

어둡고 고개 숙이는 어둠이 더 짙어졌다

누군가의 먹이가 되어가고 있었지만

걱정보다 잘 견디고 있었다

두려움을 아직 눈치채지 못했다

허기를 사용하는 남자에 대하여

술을 마시면 자꾸만 허기가 지는 남자가 있어요
술 마신 날, 남자는 전화기 속 그리움을 두드려요
술 마신 밤, 남자는 빵집의 닫힌 문을 두드려요
연결음 속 부재중 메시지는 남자의 허기를 더욱 부추기고
닫힌 문 열어준 고마움으로 가득 산 빵은 남자의 허기를 채워주지요

알코올은 낮 시간의 남자를 지우고
밤 시간의 남자를 만들어줘요
남자의 자존심이 얇아지는
초라하게 억누른 시간과
남자의 지갑이 얇아지는
허세가 들어간 시간이
공존해요

본질은 변하지 않는다나요

낮의 시간 빵이 조금씩 말라가요

밤의 시간,

남자가 바삭바삭해져요

녹나무의 계절

매미 한 마리 녹나무에 들였다
울음소리 가벼우면 붉은 새순이 올라갔고
울음소리 무거우면 설익은 열매 주르륵 쏟아냈다

뽀득, 뽀드득
밟을 때마다 겨울이 다가왔다
포근한, 무게를 알 수 없는 눈을
시리지 않은 발로 밟았다
햇살 받은 녹음은 빛날수록 하얘지는데
눈 나무에서 눈 열매가 주르륵 쏟아지기도 했다

매미가 한차례 휘청 울었다
뽀득, 뽀드득
여름이 겨울과 걸어가고 있다

4부

그믓은 그믓을 만들며 펴졌고

귀가

원정물질 이년 차에 선자 이모는 살레*를 장만했다 동네 문 목수가 만들어준 나무살레는 매끄럽고 반짝거렸다 결 맞춘 다섯 벌의 새 그릇이 나란히 정리되어 있던 살레는 동네 삼촌들 손길로 점점 더 번들번들해 갔다

시간은 선자 이모의 살레에도 스며들었다
그믓*은 그믓을 만들며 퍼졌고
뒤뚱거리는 선자 이모처럼 한쪽 다리가 기울어졌다
이 빠진 그릇들이 밀려난 자리
남편이 외상으로 받아온 파란 술병이
살레에 들어차면
기우뚱 기우뚱
해가 오늘을
위태롭게 빠져나갔다

남편의 술주정으로 선자 이모는 평생 유목민이 되었다 그때마다 딱 한 번 어깨를 치켜 올렸던, 살레 들여왔던 날을 기억했다 그믓 투성이 선자 이모가 그믓 투성이 살레를 차마 버리지 못해 꾸역꾸역 집으로 들어가는 이유다

* 살레: 찬장의 제주어.

* 그믓: 금, 선의 제주어.

건어물 시장에서

이를테면,

시간이 다가오고 있었는데

눈치를 채지 못했다는 거다

울음이 빠져나가고 있었는데

아프지 못했다는 거다

목울대가 차오를 때마다

울컥울컥 바닷물을 토해냈는데

짠물은 이미

체세포까지 물들어 있었다는 거다

지루했던 바다의 무늬가

몸통에 압각으로 새겨질 때

시간은,

야

위

어

갔

다

홍정하던 아주머니 행렬이

저만치 멀어져 가면

숨죽여 뒤척이는 사랑이

채반마다 가지런히 누워 있었다는 거다

목련의 시간

목련에 검버섯이 피어나면 서둘러 엄마의 미백크림을 사요
검버섯이 번져 기우뚱하다가 툭 떨어지면 엄마는 며칠을 앓으셨지요
엄마의 치료제는 기우뚱하는 속도를 늦춰주는 거예요
목련에 미백크림을 발라요 하얗다 못해 투명해지려 해요

늙은이가, 엄마의 입술에 달라붙은 단어가 다시 눈을 흘겨요
내밀하게 단어 안으로 들어가죠
한 겹 한 겹 힘없이 축축 땅으로 떨어지는 목련의 내력이
파킨슨병을 얻고 자꾸만 넘어지는 엄마와 오버랩되어요
애초에 그런 시간은 없어요

기념일마냥 도착하는 검버섯의 시간은
벌써 자외선차단제로 막았어야 했어요
늙은이라서, 엄마의 입술이 다시 움직여요
재생을 위한 조건이 있었나요
사라져버린 것들은 없어요
기억하지 못한 것들만 있지요

검버섯이 피어나는 엄마 얼굴에
곱게 미백크림이 올라가요
기우뚱하는 시간이 멈춰요
모든 시작과 끝이 반복하며 돌아요
재생을 위한 조건이 걸려 있어요
점점 더 늘어나고 있어요

너에게 가는 길

네 이름은 우주야

내 이름은 달리기야

내가 우주라고 부르면

너는 나에게 달리기라고 불러

서로에게 특별해지기 위해

우리들만의 암호를 만든다

나는 수없이 우주를 불렀지만

너는 달리기라고 부르지 않았고

넓고도 넓은 너의 이름 안에서

달리다 지칠 때쯤

너는 나에게 물었다

“언제 나에게 닿을래?

달리기 말고 비행기 하자”

할망물*

더 가까이 가고 싶은 마음 헤아려
서쪽 마을 한쪽에 삼승할망이 내려준 용천수

홀수의 숫자는 누가 성스럽다 했을까
새벽이슬 밟고 가 잡은 새우 세 마리
손 귀한 집 아기 점지해 주었고
용천수 떠다 조왕신께 빌고 빌면
아픈 아이도 낫게 해주었다

효험보다는 정성으로 키워낸 섬
자식들 덮고 덮느라
뼈에서 바람 소리가 끊이지 않았던
우리 할머니,
비념의 시간을 살았다

* 할망물: 대정읍 일과리에 위치한 용천수로, 아이를 키우는 데 효험 있다고 알려져 있다.

제비들의 합창

어미 제비 며칠 정성 들이더니
처마 밑에 달맞이꽃 피었다
어느 세계의 유전자를 가졌는지
달이 비치는 시간에만 활짝 피어
지지배배 요란하다

날개를 펴려면 달빛이 필요해
목이 터져라 부르는 노래

자리를 잡는다는 것은
누군가를 딛고 일어서는 것일까
해봐야 고작 한 생인데
그래 봐야 이 궤도 안에 있을 텐데

밤을 줄이고 낮을 선물한다면
제비들은 화음을 넣을 수 있을까

작아야 산다

왜 자꾸만 작아질까
두 팔로 안아야 했던 호박도
두 손으로 힘주어 잘랐던 수박도
양손으로 힘껏 쪼개던 사과도
작고 작아졌다

커야만 제값 받고
우리 가족 배불리
먹을 수 있었던 것들이
크다고 뒷전으로 밀려났다

크기도 시대를 타는 법
사람들이 사라진 자리
작은 것들이 활개를 친다

사라지는 것들

사진 전시회장에서
'사라지는 것들'을 보았다
아직은 온기가 남아 있지만
머지않아 사라져 버릴 것들
아이. 굿. 오름. 잠자리
떨어져 있지만 모두 이어져 있는 것들

사라지고 있다고 생각하는 것은
얼마나 다행인가
오늘도 사라지는 줄 모르게
사라진 것들을 세어본다

누구의 언어로 살고 있는지
오래도록 불문율로 자리하여
사라지기 위해 오늘을 사는 것들

애도한다

오늘만큼의 사라진 것들에 대해

부고

누군가의 죽음은 대부분

낯선 번호에서 와요

고인을 생각하는 시간에

전화 속 누군가도 함께 들어와요

잃어버려 슬픈 계절이 반복되면

발신지 모르는 번호들이

너를 앞지르기 시작해요

나란히 갈 수 없는 길에

나는 여전히 남아 있어

흐리고 흐린 날들이 덮쳐요

안부를 물을 수 있는 내일이

고요하게 무너져요

다시, 폭설

눈이 내린다면 너에게로 갈게 눈으로 세수를 하니 울수가 있네 어제보다 높아진 길 위에서 네 발자국을 찾네 보이는 것이 흰색이라서 거품이 일 수 있다면 너에게로 갈게 기억하는 것들은 고집이 있어 오늘까지 끌어오고 나에게 맡겨진 날들은 하루씩 늘어만 가네 눈과 눈 사이, 길이 만들어지고 구역이 넓어진다면 다시 기다릴게 눈이 내리기를

주차장에서

어느 지하주차장에서 보고 말았다
고급 승용차 나란히 서 있는 줄과
소형차 나란히 서 있는 줄을

소형차 줄에 빈자리 없어
고급 승용차 줄을 기웃거리다가
접촉사고라도 날까 봐서
내 자리가 아닌 것 같아서
슬그머니 빠져나왔던 날

주차장 효용성, 효용성
그 단어가 주눅 들게 했다
큰 네모에서 작은 네모를 뺀
상대적 거리
얼마나 많은 계급이 살아 숨 쉴까

피라미드 법칙이라면

한층 올라갈 때마다

내 자리는 더 사라지겠다

괜스레 꼭대기 층 누르고야 마는

소심한 복수, 지나가 버린 기억

5부

신기루 같은 노랑 신호가 떠오르면

당올레

- 새미하로산당 가는 길

언제나 비좁은 틈이라고 했어요
틈이 넓으면 들어오는 것들이 많아져서 경계가 필요하다고요
말소리가 커지고 발자국 소리도 요란하다고요
새소리와 대나무를 스치는 바람 소리는
반가움이 아닌 경계의 소리라고 했어요
아는 체하는 것들에 속지 말라고요

당신을 만나러 가는 날은 예의를 갖춰요
두 개의 귀가 모자라 몸 곳곳에 새로운 귀를 만들어요
당신의 속삭임은 더 위를 바라보게 만들어요
하늘을 받쳐 든 저 신목은
당신의 내력을 얼마나 지키고 있을까요
탯줄 잘릴 때부터 등뼈 눌려 꼬부라질 때까지
그늘 만들어 기다리고 있다지요
잠시 활을 내려놓으세요

땅을 고르고 자리를 만들어 드릴게요

다시 경계의 새소리가 날 때까지

고단한 어깨를 위해 노래 들려드릴게요

이제 들어가요, 당신의 구역으로

봄날 마늘밭

종아리까지 오는 마늘대도 가리개인지라
시선을 더듬으며 바지춤을 내리던 동네할머니
하필 열 마지기 밭 한가운데였대요
할아버지는 괜한 헛기침으로
손에 잡은 호미 찾는다고 자리를 피하셨죠
‘세상은 늙어도 사람은 늙는 게 아니여’
입버릇처럼 말씀하시던 할아버지가
땅에 묻히던 날,
할머니는 무덤을 피해 나무 뒤로 가 앉으셨대요

서로의 외면이 따듯해
스르륵 가슴이 울렁이는 소리가 들려요
세상이 아무리 늙어가도 늙을 줄 모르는 할머니가
풀어놓는 연애담

봄날, 마늘밭이 익어가요

제주, 해송

바다에서 산으로 넘어가는 바람길

기울어지는 것이 많다

바람 지나갈 길 내어 주고

체념에 층층 기도하는 모습

낮게

더 낮게

내력이 쌓인다

따라서 고개를 돌린다

청소의 철학

며칠 앓고 나면 청소를 합니다
청소기 소리는 새벽에 더 잘 들린다지요
상사병의 잔해가 청소기 안으로 빨려갑니다
최종적으로 당도하는 곳이 어딜까, 생각합니다
하루가 무너질까 걱정하지 않습니다
똑같은 하루가 재생되니까요

먼지 한 톨까지도 소멸하는 꿈을 꿉니다
소멸의 끝은 어디일까요
작은 분자들이 우주로 돌아가는 것일까요
생성되지 않았던 처음으로 돌아가는 것일까요

복잡하지 않으려고 먼지가 됩니다
드러나지 않는 하루가 무기력해집니다

목적지를 알아야겠습니다

부디 나에게 얘기해줘요

완성된 오늘에게 안녕을 상상합니다

월령 돌담 위에 노랑 신호가 걸려요

당신의 언어 안으로 들어가기는 쉽지 않아요
소란한 소음들로 이루어진 나의 언어는
당신의 작은 가시에도 산산이 부서져요
흩어진 오늘은 평온했던 일상을
은유의 세계 뒤편으로 물러나게 해요
우리의 간격은 적당함 딱 여기까지예요
사실, 당신의 언어를 알아보기는 아주 쉬워요
나를 뺀 모두의 언어를 수집하는 당신의 구역은
나를 뺀 모두의 언어가 엉켜 있어
당신의 근육질 분자를 더 탄탄하게 만들어줘요

내가 아닌 나머지 모두가 당신인 거죠

나를 뺀 모두의 언어와 당신의 언어는
내밀한 꽃을 피워 올려요
월령 돌담 위에 노랑 신호가 걸려요

손바닥 선인장, 당신의 언어가

조금씩 염도를 맞추고 있어요

짜디짠 누군가의 언어가 오늘의 당신이에요

신기루 같은 노랑 신호가 떠오르면

다가서고 싶은 순간이 있어요

딱 거기까지 적당함은 그 계절을 상징해요

당신을 읽고 싶은 나의 언어가

조금씩 노란 노을을 삼켜요

가을 벚꽃

가을바람에 나뭇잎 떨어지는데

혼자만 봄꽃 피워 시치미 떼는가

가볍다

가볍다

그리도 먼저 달려갈 일이더냐

머잖아 심장 소리 들릴 텐데

곧 네 꿈을 꿀 텐데

포도주 숙성되는 것처럼

나름 기념일이었어요

포도주 두 잔을 따르고 분위기를 외쳤어요

왜 두 팔을 번쩍 들어야 하는지

분위기가 필요한 사람만 알아요

한 잔은 두 모금 마셔서 내린 잔이고

한 잔은 남김없이 마신 빈 잔이라

알코올의 농도가 서로 달랐어요

잔을 부딪치는 것은

잔의 눈금이 같아야 한다는 것을

부정하지는 않았어요

대화는 자꾸만 엇박자를 쳤어요

한쪽이 웃으면 한쪽은 심각했고

한쪽이 끄덕이면 한쪽은 눈물을 흘렸어요

덜 숙성된 포도주 탓이라 생각했어요

시간이 필요했어요

포도주를 익게 해주죠

이럴 때 '시간'이란 말을 써요

눈금은 보지 않아요

눈빛이 필요할 뿐이죠

신구간

신들이 하늘로 올라간다는
제주의 신구간, 안개가 내렸다

무엇이든 가능한 시간은
안개에 가려져 보이지 않는다는 말이었고
갇혔던 심장이 풀려나고
흉터의 기억이 사라진다는 말이었다

탈이 없다는 말이
두리뭉실 떠다니는 것은
우리의 세상이기에
공을 들여야 한다는 말이었다

정성은 나로부터 출발하는 것
그때쯤이면 실눈을 뜨고 기다린다
상상이 앞서지 않기를

누설되지 않기를

특정하지 않기를

심장이 다시 뛰기를

아직은 신이 필요하지 않기를

동촌역사*

시간이 철로로 깔린 자리
야양공원을 돌아 발맞춰 걷던
퍼즐 속에 남아 있는 한 칸 조각

네게로 달려가던 물음표들은
닿기도 전에 기차 소리에 묶인 채
이곳에 갇혀 버렸고
한나절 햇살이 반짝이는 동안
눈으로는 철로 칸수를 헤아리곤 했다

삐이익
울리던 기차 소리가 이명으로 남아
자꾸만 손 뻗어 너를 만지려는데
헛손질에 돌아오는 바람결 소리만

네가 없는 자리

동촌역사의 가을은

머물렀던 시간만큼이나 짧고

발 뻗어 앉아 도란거리던 다락방,

완성되지 않은 퍼즐 조각들은

나란히 꽂힌 책장 사이에서

부활을 노래하고 있다

*동촌역사: 대구 동촌역.

언제라도 떠날 수 있도록

- 코피스족

우리는 한때 유목민이었다죠

서로의 이야기에 귀 기울이지 않아요

쉽게 다가서고 쉽게 떠나요

다가서는 연습이 필요하나요

떠나는 연습이 필요한 것은 아니에요

오늘을 자유로움으로 치장하죠

남아 있는 저장 공간이 없어요

오래된 사진이 필요한 것은 아니죠

새로운 풍경으로 덮어버려요

서성거림은 잠시 반짝일 때만 찾아와요

기다림은 너무도 낯설죠

새삼스럽지만 등받이는 대줄게요

잘 알지만, 오늘은 쉼표를 찍어줄게요

선택이 필요한 것은 아니에요

언제라도 떠날 수 있어요

닮아간다는 것

밥벌이를 시작한 딸이
부모 결혼기념일이라고
보내온 명품지갑
닳을까 봐 서랍에 고이 넣어 두었다

딸의 주머니가 신경 쓰여
남편 몰래 용돈을 보내준 날
남편 통장에서도 송금이 되었다는 문자
"당신도 보내수광?"
"무사, 이녁도 보내서?"

부부라서 닮아가는 것이 아니라
부모라서 닮아가는 것이다

발문

오래된 운명은 사랑이 되고

현택훈(시인)

오래된 운명은 사랑이 되고

발문

현택훈(시인)

양민숙 시인의 시는 오래된 섬의 노래를 부둥켜안는다. 그리움이 남루할지언정 따뜻한 돌봄으로 어깨를 다독이고, 한라산 단풍처럼 바람마저 물든다. "그동안에 눈이 그치고 꽃이 피어나고 낙엽이 떨어지고 또 눈이 퍼붓고 할 것을 믿는다"라고 말하며 기다림의 자세를 노래하는 황동규의 시 「즐거운 편지」처럼 이루어지기 어려운 사랑도 사랑의 시간으로 만드는 시의 핍진성이 발휘된다.

『지문을 지우다』(책나무, 2009), 『간혹 가슴을 연다』(다층, 2014), 『한나절, 해에게』(파우스트, 2018)에 이은 이번 시집은 사랑과 사랑을 둘러싼 이야기들로 채워진 시집이다. 그동안 시인은 첫 시집에서 근원적 존재에 대한 물음을 시도했고, 두 번째 시집에서는 사람의 운명적 인연에 집중했다. 세 번째 시집에 이르러서는 관계에 대한 탐구를 해온 것으로 평가받는다. '나'에 대한 물음은 인연으로 이어지고, 이 관계를 가능하게 하는 힘을 시인은 사랑으로 본다. 이번 네 번째 시집을 그 사랑의 완성본으로 본다면, 결국 사랑으로 귀결되는 여정을 걸어온 셈이다.

내가 양민숙 시인을 처음 본 것은 그가 금능꿈차롱작은도서관 관장으로 있었을 때였다. 아마도 독서캠프였던 것 같다. 제주도에서 책과 인연을 맺고 있기에 언젠가는 만날 운명이었다. 숲속에 있는 캠핑장에서 문학 이야기를 나누며 날이 저물었다. 그 후 그는 제주꿈바당어린이도서관 팀장이 되었고, 나는 퐁낭작은도서관 사서가 되어 자주 만나는 사이가 되었다. 그동안 도서관 운영 면에서 많은 도움을 받았거니와 지역의 문화예술을 위한 활동에 공감하는 바 시집 발문 청탁을 거절할 수 없었다.

제주도에서 도서관과 관계된 사람 중에서 양민숙 시인을 모르는 사람은 없을 것이다. 금능꿈차롱작은도서관을 통해 제주도에 작은도서관 바람을 일으켰고, 제주꿈바당어린이도서관 팀장을 하면서 다양하고 차별화된 독서 프로그램을 많이 만들었다. 그리고 고향 금능리의 마을 사업도 주도했다. 시 문패 만들기도 하고, 시인학교도 열었다. 바쁜 일상 중에서 틈틈이 시를 쓰는 점이 놀랍다.

시집 원고를 받고 읽다 보니 중요한 시어 세 낱말이 성근 별처럼 눈에 띄었다. 그것은 빛과 꽃과 섬이다. 양민숙은 빛과 꽃과 섬의 시인이다. 이 징표들은 서로 분리되었다가 다시 만나면서 융화한다. 빛은 이정표 역할을 한다. "분명 연등은 별빛보다 먼저 빛을 냈다"(「빛에 대한 짧은 기억 1」)와 같이 방향성을 바꿀 수 있는 게 빛이다. 그래서 빛은 전환점으로 쓰이는데, 그것은 시의 사유를 주제화하는 면에서 중요한 구실이 된다. 옛날에 탐라에서 별빛을 보며 바다 여행을 한 것과 같이 시인은 빛으로 방향을 읽는다. 빛은 기억의 단초가 되기도 하고, 희망을 나타내는 상징으로도 등장한다. 그렇게 시인은 희망을 향한 굴광성의 시를 쓴다.

빛의 수혜를 입은 양민숙은 꽃을 그냥 지나칠 수 없다. 꽃은 하늘에서 내려온 별이지 않은가. "서로에게 귓바퀴 열어/ 내일을 듣고 있어요"(「자귀나무 꽃」)와 같이 꽃들은 대상과 '나'를 일치하게 만드는 매개체가 된다. 동백꽃, 목련, 손바닥 선인장, 족두리꽃 등 여러 꽃을 통해 꽃말 같은 시를 쓴다. 어쩌면 우리의 시는 다 대상에 대한 꽃말을 부여하는 일이리라. 양민숙 시인이 붙여 주는 이야기는 대개 기억 속 사람에 대한 것들이다. 시인은 꽃을 통해 사람을 본다.

빛이 나고, 꽃이 피는 이곳은 섬이다. 제주도라서 애기동백을 노래하고, 월령리 선인장꽃을 따라 간다. 고향 제주도만이 아니라 가우도, 오동도 등 주로 남쪽 섬에서 파도 같은 시를 쓴다. 「동백꽃 기다리는 시간」을 보면, 오동도에 가서 동백꽃을 기다린다. 제주도에 피는 동백꽃을 상기하면서 "이미 지나쳐버린 말들이 위로를 건네고/ 저만큼 멀리 가버린 문장들이/ 뒷걸음치는 곳,"에서 붉어가는 마음을 달랜다. 다 섬이라서 가능한 이야기다.

바다에서 산으로 넘어가는 바람길
기울어지는 것이 많다

바람 지나갈 길 내어 주고
체념에 층층 기도하는 모습
낮게
더 낮게
내력이 쌓인다

따라서 고개를 돌린다

-「제주, 해송」 전문

나무는 그 지역에 맞게 식생하기 마련한다. 제주에서 태어나 여전히 제주에 사는 시인은 해송을 닮았다. "낮게/ 더 낮게/ 내력이 쌓인다"라고 말하는 바 거친 바닷바람에 고개를 돌려야 했던 시간이 있다. 하지만 그렇게 기울어지면서 버티는 바람길에서 해송은 푸르게 자란다. 이 시는 제목을 힘주어 읽어야 한다. 그래야 제주 바닷가에서 휘어버린 소나무를 위무할 수 있다.

양민숙 시인의 안내로 연대에 간 적 있다. 문학 행사가 끝나고, 참여자 여럿이 갔다. 배령연대, 그곳은 시인의 어린 시절 놀이터였다. 연대는 봉수대처럼 옛날에 급한 소식을 전하던 통신 시설이다. 섬의 방어 시설인 그곳에서 시인은 바다와 산을 살피며 미래를 꿈꿨을 것이다. 풀숲 우거진 곳은 예전에는 아이들이 오가는 길이었는지 발걸음을 내딛으니 길이 서서히 나타났다. 우리는 어린이가 된 것마냥 그곳에서 뛰어다녔다. 멀리서 보면 노루들인 줄 알았을지도 모른다.

그곳에서 자란 시인은 사랑이라는 말에 얼굴 붉어

지는 소녀가 되어간다. 「능소화 피는 집」에 그 내력이 있다. 우리가 어떤 집을 기억할 때는 그 집에 사는 사람과 집의 특성이 만나는 것으로 기억의 이름이 지어지는 것 같다. 시인에게 능소화가 다가와 물들었다.

유월 장마가 시작되면
유리창에 코를 박고
능소화 숫자를 헤아리던 열일곱 살 소년
결핍, 결핍을 중얼거리던 입술은 유난히 붉었고
희고 가느다란 손가락은
능소화와 능소화 사이를 부지런히 옮겨 다녔다
소년의 중얼거림과 움직임은 그림책 주인공처럼
범접할 수 없는 우아함으로 피어나
내 볼도 덩달아 발그스레 피어났다
피어나는 순간은 늘 붉었고 돌아서는 순간은 늘 하얬다
능소화를 부르는 손가락 언어가 더 가늘어지고 짧아졌다

소년의 중얼거림과 움직임이 멈추고
까치발 들고 담장 안을 훔쳐보던

어린소녀의 이야기가 더이상 이어지지 않았지만
능소화 필 때마다 누군가는 손가락을 들어
꽃송이를 헤아렸고 입술을 움직였다
열일곱, 열일곱, 능소화는 해마다 열일곱 송이만
피었다
기억은 시간을 당기고 다시 돌아서는 순간은 늘 서
늘했다
전염병처럼 돌고 돌던 소문이 어느 시점에 사라졌다
장마에 딸려오던 축축한 냄새 때문이라고 생각했다
-「능소화 피는 집」 부분

막연하고 아득할수록 더 선명한 색깔들이 있다. 이 시의 능소화 빛깔도 그렇다. "열일곱, 열일곱, 능소화는 해마다 열일곱 송이만 피었다/ 기억은 시간을 당기고 다시 돌아서는 순간은 늘 서늘했다"는 그 집, 소년은 선천적으로 병약했던 모양이다. 병을 앓던 소년은 그만 이른 나이에 목숨을 잃었다. 훗날 시인이 되는 소녀는 당시 그 소년을 통해 운명을 예감했으리라. 소년이 세상을 떠난 뒤에도 능소화가 해마다 핀다. "소년의 안부가 당도했는지, 그 집 마당이 다시 요란해진다/ 일 년에 한 번 능소화 소식에 깨어나 움직이는 집"이라는 표현에서 죽음과 생명이 교

차한다.

사랑과 숨은 내밀한 주기를 지닌다. “피어나는 순간은 늘 붉었고 돌아서는 순간은 늘 하얬다”는 시간은 사랑과 숨의 시간이다. 시인 이상이 소설가 김유정의 죽어가는 얼굴을 보며 감탄했다는 일화처럼 죽음의 경도(傾倒)는 늘 우리를 전염병처럼 휘감았다. 이러한 이미지가 양민숙 시인을 존재와 관계에 대한 탐구로 이끌었다. “능소화를 부르는 손가락 언어가 더 가늘어지고 짧아졌다”라는 바와 같이 “까치발 들고 담장 안을 훔쳐보던” 시인은 언어를 사용해 가늘고 짧은 시를 쓴다.

유년의 기억은 빛을 통해 소환된다. 「빛에 대한 짧은 기억」은 세 편이 수록되어 있는데, 세 작품 모두 빛이 중요한 역할을 수행한다. 우리는 빛에 대한 기억을 한두 장면은 지니고 있기 마련이다. 「빛에 대한 짧은 기억 1」은 막걸리 심부름을 다녀오던 어린 시절에 대한 기억이고, 「빛에 대한 짧은 기억 2」는 트럭 운전사 강씨의 조촐한 저녁 식사에 주목한다. 그리고 본섬과 연결되었지만 외따로 있는 것 같은 새섬에서 빛을 인식하는 「빛에 대한 짧은 기억 3」이 이어진다.

따뜻한 색색의 연등을 상상해야만 했다
분명 연등은 별빛보다 먼저 빛을 냈다
별빛과 연등의 교차점에서
막걸리가 그린 그림 한 조각을 뜯어
백열등 전등이 있는 집을 만들었다
멀리서 도깨비불이 춤을 추었다
분명 도깨비불이었다
다섯 살 딸의 늦은 심부름에
손전등 잡은 팔을 허우적거리며
아빠가 너무도 늦게, 너무도 빠른 속도로 다가왔다
밤을 들킨 서러움이 적막을 가르며 퍼졌다
분명 울음은 아니었다
막걸리 심부름의 끝은 언제나 아빠의 등이었다
뒤늦게 반짝이던 별이 빛선을 그으며 떨어졌다

연등은 유목의 기억들이 모여 한층 더 밝아졌다
아빠의 빛을 향해 걸어가고 있다

-「빛에 대한 짧은 기억 1」 부분

빛이 빛을 부른다
강씨 주변으로 몰려드는 밤벌레들 날개를 반짝인다
트럭 바퀴만큼의 높이 낯설고도 생경한 무대

단 한 사람의 관객을 위한 푸념 섞인 연극
머물다가 다시 태어나다가 무한히 뻗어 나가는 빛
빛이 점점 더 넓게 퍼진다

고단한 하루를 마감하는 강씨의 만찬은
가로등 아래 세워둔 트럭 적재함에서 시작되었다
처음 제 명의로 구입한 트럭은
딸에게 월세 단칸방을 내준 후
일터가 되었다가 방이 되었다가 식탁이 되었다
소리가 되었다가 기억이 되었다가 기운이 되었다
강씨의 레퍼토리는 매번 달랐다
후루룩 들이켜는 강씨의 고단함을 들어주고 나니
내 무게는 어느새 빛에 휘발되었다

-「빛에 대한 짧은 기억 2」 부분

유년 시절에는 미래가 빛이었다가 나이가 들면 다시 유년 시절이 빛이 되는 걸까. 막걸리가 출렁이는 양은 주전자를 들고 연등 불빛에 의지해 집으로 가는 길은 영화의 한 장면 같다. 도깨비불을 보고 겁먹은 다섯 살 아이는 "아빠가 너무도 늦게, 너무도 빠른 속도로" 다가오자 안도한다. 그래서 "막걸리 심부름의 끝은 언제나 아빠의 등이었다/ 뒤늦게 반짝이던 별이 빛선을 그으며 떨어졌다"가 아름다운 빛으로 남는다.

그런데 이 시에서 주목할 점은 '유목의 기억'이다. 별의 주기도 그렇고, 계절도 그렇고, 아버지의 존재도 유목의 특성을 품는다. 그러니까 양민숙에게 빛은 유목이다. 정착하지는 않지만 언젠가는 다시 돌아온다. 이 땅에, 이 풀밭에 다시 돌아오는 운명을 지닌 빛이다. 그것이 희망인지는 잘 모르겠지만 그래도 그 유목이 기억의 온도를 높인 건 분명하다.

아버지와의 빛은 세상으로 나아가 흔들리는 불빛으로 빛난다. 힘겹게 생계를 유지하는 인물에게 "월세 단칸방을 내준 후" 트럭은 "일터가 되었다가 방이 되었다가 식탁이 되었다". 그러니 "후루룩 들이켜는 강씨의 고단함" 그 소리는 내 무게를 휘발되게 할 정도다.

가수 김성호의 2집 타이틀은 '우리는 빛을 따라가야 해'다. '그 사랑 그 사랑 어디서 오는 걸까' 노래와 함께 사랑의 근원을 묻는다. 양민숙 시의 빛도 김성호의 노랫말과 비슷하다. "어둠은 탈을 쓰고 유혹의 춤을 추지만 우리는 빛을 따라가야 해"(김성호의 노래 '우리는 빛을 따라가야 해' 중에서)와 "머물다가 다시 태어나다가 무한히 뻗어 나가는 빛"은 지향점이 같다. 우리는 빛에 반응하여 생장하는 생명이다.

양민숙의 시는 빛이 나는 남쪽으로 손을 뻗는다. 시인의 고향이 남쪽이며, 섬을 인식하는 것은 남쪽에 있는 섬들이다. "뽀득, 뽀드득/ 밟을 때마다 겨울이 다가왔다/ 포근한, 무게를 알 수 없는 눈을/ 시리지 않은 발로 밟았다/ 햇살 받은 녹음은 빛날수록 하얘지는데/ 눈 나무에서 눈 열매가 주르륵 쏟아지기도 했다"(「녹나무의 계절」)를 보면, 녹나무의 생경한 이미지가 등장한다. 녹나무는 우리나라에서는 제주도와 남해안에서 주로 자란다. 겨울 녹나무을 보며 시인은 내일을 본다. 녹은 눈이 되어 하얀 시간을 보낸다. 눈 열매를 보는 것처럼 시인은 섬에서 새로움을 찾는다.

이 낯설게 바라보기는 결국 섬의 시간에 대한 성찰이다. 「이호해수욕장」에서는 "건강을 염원하는 자기만의 구역/ 꾹꾹 눌러 표시하며/ 하루만큼의 삶을 기원한다// 사라지는 오늘의 발자국/ 다시 생성되는 오늘의 발자국"이라 말한다. 제주시내와 가까워 도민들이 많이 가는 이 해수욕장에서 말하는 이미지는 서늘하다. 따뜻한 바닷가 풍경이 아니다. 이러한 인식은 섬을 넘어 섬을 제대로 이해하려는 의지로 보인다. 풍광을 보편적으로 노래하는 것이 아니라 이면을 찾아 보면서 진실을 마주하고자 한다. 그것은 시인이 첫 번째 시집부터 지속적으로 추구한 존재에 대한 희구의 한 줄기일 것이다. "가장 작은 돌이/ 그보다 작은 돌 위에 얹어질 때/ 느슨해진 햇살도 가라앉고/ 내 손 위로 살며시 네 손이 포개졌다"(「가우도」)에 나타나듯 섬이라는 존재, 이 섬을 떠났을 때 그제야 모습을 드러낸다.

오늘이기에 아직은 이르다
네가 걸어간 발자국 위를
한 발 한 발 맞추는 일은
체온의 기억을 복원하는 일,

온기 없는 가슴 한 칸을 내어주는 일이
이리 오랜 시간을 필요로 하는지도 모른 채
햇살은 동백나무 잎사귀 사이를 뚫고
비수가 되어

이미 지나쳐버린 말들이 위로를 건네고
저만큼 멀리 가버린 문장들이
뒷걸음치는 곳,

오동도

마음은 벌써 붉어간다

-「동백꽃 기다리는 시간」 전문

녹나무처럼 동백나무 역시 제주도와 남부 지방에 분포한다. 그러니 동백꽃은 남쪽 바다를 낀 땅에서 "체온의 기억을 복원하"며 꽃이 핀다. 시인은 여수의 섬 오동도에서 꽃을 기다린다. "온기 없는 가슴 한 칸을 내어주는 일이/ 이리 오랜 시간을 필요로 하는지도 모른 채/ 햇살은 동백나무 잎사귀 사이를 뚫고/ 비수가 되어" 이 부분은 제주4·3을 말할 수 없었던 침묵의 고통을 말하는 것으로 다가온다. 햇살은 생명이자 곧 죽음이어서 개화를 하게 하는 동시에 비수가 되어 내리쬔다.

그래서 동백은 겨울에 꽃을 피우는 걸까. 겨울꽃은 춥고 매서운 계절을 이겨내겠다는 발현이다. 이 작품에서 말하는 "체온의 기억을 복원하는 일"은 아주 붉게 다가온다. 제주4·3의 진실은 얼음나라에서 봉인되어 있었다. 그 어둠에 빛을 내기 시작한 것은 문학이었다. '동백꽃 기다리는 시간'은 봄을 마중하는 시인의 마음이어서 "마음은 벌써 붉어간다"라는 표현과 같이 이미 물든 우리의 마음이다.

시인은 최근 제주 신화를 바탕으로 한 독서 프로그램을 만들었다. 평소에 신화에 관심이 많아 관련 책을 찾아 읽는다고 들었다. 그가 신화 탐구를 통해 찾고자 하는 것 역시 섬의 정체성일 것이다. 섬의 시공간에 함께 머무는 신화. 그 신화를 들여다보면 섬의 모습을 더욱 선명하게 볼 수 있을지도 모른다. 운명, 존재 이런 점에 매료된 시인이 반드시 짚고 넘어가야 할 부분이 바로 신화일 것이다. 하지만 신화라고 해서 거대한 이야기만을 말하지 않는다. 시인은 가계도를 바탕으로 하여 세대의 시간에 눈여겨본다. 그것은 신화의 내재화일 것이다. 그러한 점을 「제주, 해송」, 「목련의 시간」, 「녹나무의 계절」, 「족두리꽃」, 「다시, 폭설」 등에서 발견할 수 있다.

배령연대에서 출발한 소녀는 사랑의 소식을 꼭 쥐고 있다. 멀리 가지 않는다. 간다고 해 봐야 남쪽 바다 작은 섬들이다. 연대에 불을 피우거나 깃발을 올려 전하듯 양민숙은 네 번째 시집에 이르러 사랑을 전해 자연을 동화하는 쪽으로 기운다는 것을 확인하는 것만으로도 이 시집의 가치는 충분하다.

책상 한 귀퉁이 자리하던 시집을 펼치니
마른 꽃대 끼어둔 책장 사이
평대리 족두리꽃 피었다

땅 한 평 없어 가난하다던가
걸음 닿는 곳, 씨앗 뿌리고
거리마다 족두리꽃 피었으니
평대리 모든 길이 복기 씨의 꽃밭이다

한껏 치장한 족두리
내려 줄 사람은 나타나지 않고
마르고 말라서 가슴 타들어 가면
달밤에 행인 지나는 기척에도
후두둑 후두둑 씨앗을 털어낸다

하얀 시간은 흘러가는가
씨앗을 받는 일은
달밤이어야 하는 것
너의 가슴에 문을 두드리는 것
대답 없는 걸음을 보내주는 것

시집 안에서는 사랑 이루어질까

붉게 더 붉게 피는 꽃

-「족두리꽃」 전문

족두리꽃은 풍접초의 별칭이다. 시인은 제주 마을 평대리에서 족두리꽃이 길가에 핀 사연을 듣는다. 씨앗 살 돈이 없어서 어쩌다 받은 씨앗이 족두리꽃이었는데, 그 꽃이 길가 가득 새색시마냥 족두리를 이고 있으니 시인의 눈에 들어온 것. "하얀 시간은 흘러가는가/ 씨앗을 받는 일은/ 달밤이어야 하는 것/ 너의 가슴에 문을 두드리는 것/ 대답 없는 걸음을 보내주는 것"에 나타나듯 사랑의 비유는 부끄러우면서도 설레는 마음이다. 시인은 복기 씨의 행위로 사랑을 말한다. "시집 안에서는 사랑 이루어질까/ 붉게 더 붉게 피는 꽃"이라고 말하며 성혼을 기대하게 만든다. 그것을 좀 억지 부려 말하면 신화적 사랑이라 부를 수 있을까.

물론 시인은 이러한 사랑을 언어로 형상화한다. "하늘과 바다 사이/ 너에게로 가는 길 있어/ 쏟아낸 언어들이 출렁대며 달려가는 곳"(「가우도」)에 나타나듯 언어들이 출렁대기에 너에게 갈 수 있다. 너에게 가는 길은 어떠할까. "걸어가는 발자국이/ 가지런하지는 않아도"(「가우도」) 너에게 간다. 대상은 먼저 다가와 주기도 하니 몸 둘 바를 몰라 언어가 출렁인다. 발자국이 이리저리 놓여 있으면 어떤가. 마침내 그곳에 간다. 가지런한 게 이상하다. 살다 보면 이럴 때도 있고, 저럴 때도 있겠지. 힘들어도 발자국을 내자. 이러구러 발걸음을 내딛자. 가다 보면 만날 수 있을 것이다. 시집 안에서라도 이루어질 기대하는 그 사랑 말이다.

양민숙 시인은 음악회나 낭독회에서 종종 사회를 맡는다. 금능 원담축제도 운영하면서 사회를 보는 걸 몇 번 봤다. 조리 있게 말하는 점이 시에도 반영되어 시들이 대체로 단정하다. 어린이도서관을 운영하면서 어린이 책 잔치가 있을 때는 캐릭터 복장도 마다하지 않는 순수한 사람이다. 그러한 긍정성은 시에도 나타나 어둠을 말하면서도 밝은 이미지를 놓치지 않는다. 「파도의 시간」, 「자귀나무 꽃」, 「목련의 시간」, 「봄날 마늘밭」 등의 시를 보면, 분명 단절을 말하는데 어떻게 해서든 연결을 맺는다. 그러한 희망의 편지에 응원을 할 밖에.

시를 쓰고 있으며 도서관 관련 일을 한다는 친분 때문에 발문을 맡았다. 나의 범박한 생각이 오히려 양민숙의 시에 누를 끼치는 건 아닌지 모르겠다. 분석적인 해설을 기대한 분들께는 죄송한 말씀을 올린다. 모쪼록 이번 시집에서 말하는 시인의 사랑이 다음 시집에서 더욱 견고한 사랑의 신화로 재탄생하기를 기대한다. 그런 기대가 가능한 건 양민숙의 시는 제주의 오래된 바람을 맞으며 함께 연대하는 믿음의 편지와 같기 때문이다. 그 사랑의 편지가 여기에 머무는 동안 이제 우리가 그 편지를 찬찬히 펼쳐볼 차례다.

양민숙
1971년 겨울, 바람의 섬 제주에서 태어나
2004년 「겨울비」 외 2편으로 詩와 인연을 맺고
2009년 시집 『지문을 지우다』 발간
2014년 시집 『간혹 가슴을 연다』 발간
2018년 시집 『한나절, 해에게』 발간
2023년 시집 『우리의 발자국이 가지런하지는 않아도』 발간
제주문인협회 회원, 한수풀문학회 회원, 제주PEN회원,
운앤율 동인으로 활동하고 있다.

우리의 발자국이 가지런하지는 않아도
2023년 10월 28일 초판 1쇄 발행

지은이 양민숙
펴낸이 김영훈
편집인 김지희
디자인 김영훈
편집부 이은아, 부건영, 강은미
펴낸곳 한그루
출판등록 제651-2008-000003호
제주특별자치도 제주시 복지로1길 21
전화 064 723 7580 전송 064 753 7580
전자우편 onetreebook@daum.net 누리방 onetreebook.com

ISBN 979-11-6867-123-2 (03810)

이 책은 제주특별자치도와 제주문화예술재단의
2023년도 제주문화예술지원사업의 후원을 받아 발간되었습니다.

값 10,000원